Marina's Muumuu
El muumuu de Marina

By/Por Evangelina Vigil-Piñón

Illustrations by/Ilustraciones por Pablo Torrecilla

PIÑATA
BOOKS

Piñata Books
Arte Público Press
Houston, Texas

Publication of *Marina's Muumuu* is made possible through support from the Lila Wallace—Readers Digest Fund, the Andrew W. Mellon Foundation, the National Endowment for the Arts and the City of Houston through the Cultural Arts Council of Houston, Harris County. We are grateful for their support.

Esta edición de *El muumuu de Marina* ha sido subvencionada por la Fundación Lila Wallace—Readers Digest, la Fundación Andrew W. Mellon, el Fondo Nacional para las Artes y el Concilio de Artes Culturales de Houston, Condado de Harris. Les agradecemos su apoyo.

Piñata Books are full of surprises!

Piñata Books
An Imprint of Arte Público Press
University of Houston
Houston, Texas 77204-2174

Vigil-Piñón, Evangelina.
    Marina's muumuu = El muumuu de Marina / by/por Evangelina Vigil-Piñón; illustrations by/ilustraciones por Pablo Torrecilla/Laredo Publishing.
        p.   cm.
    Summary: Marina has always dreamed of having a colorful muumuu, the traditional dress of the Hawaiian people, and finally goes to the bustling downtown with her grandmother to buy the fabric.
    ISBN 1-55885-350-2
    [1. Clothing and dress—Hawaii—Fiction.   2. Racially mixed people—Fiction.
3. Spanish language materials—Bilingual.]   I. Title: Muumuu de Marina.
II. Torrecilla, Pablo, ill.   III. Title.
    PZ73.V555   2001
    [E]—dc21   2001021487
                                                                            CIP

1 2 3 4 5 6 7 8 9 0   0 9 8 7 6 5 4 3 2 1

To Marina Tristán for the inspiration
—EV-P

To my mother, Carmen, who also dreams about dresses
—PT

Para Marina Tristán por la inspiración
—EV-P

Para mi madre, Carmen, quien también sueña con vestidos
—PT

Marina was a girl with a great imagination. She loved to picture ideas in her mind. She especially loved to imagine scenes of places where she had never been.

Marina era una niña con una gran imaginación. Le encantaba imaginar cosas en su mente. En especial, le encantaba imaginarse escenas de lugares en los que nunca había estado.

Marina imagined herself surrounded by the beautiful waterfalls, rivers, mountains, and valleys that her grandfather often described in his stories about his homeland of Mexico.

Marina se imaginaba rodeada por las hermosas cascadas, ríos, montañas y valles que su abuelito siempre describía en sus historias de su patria, México.

Marina's thoughts streamed across the Pacific Ocean to the beautiful faraway islands of Hawaii, surrounded by glimmering seas. She dreamed of the deep green jungles and emerald volcanic mountains of her grandmother's native island.

Los pensamientos de Marina cruzaron el océano Pacífico hacia las hermosas y lejanas islas de Hawai, rodeadas por mares brillantes. Marina soñó con las selvas verdísimas y las montañas volcánicas color verde esmeralda de la isla nativa de su abuelita.

Marina studied a photograph of her aunt and cousins dressed in colorful *muumuus,* standing by the sea. She admired the dresses with their bright prints of tropical blossoms and palm trees. She liked their loose shape and how they flapped in the breeze.

Marina pictured herself in a traditional dress of the islands. *A beautiful muumuu,* Marina thought, *with magenta blossoms and brushes of bright lime and hot pink. A one-of-kind muumuu,* she decided, *with touches of the indigo and turquoise colors of the sea.*

Marina estudiaba un retrato de su tía y sus primas paradas al lado del mar vestidas en coloridos *muumuus.* Admiraba los vestidos con sus vistosos estampados de flores tropicales y palmeras. Le gustaba el estilo suelto de los vestidos y como se ondeaban con la brisa.

Marina se imaginó en el vestido tradicional de las islas. *Un hermoso muumuu,* pensó Marina, *con flores color magenta y con pinceladas de brillante color lima y rosa vibrante. Un muumuu inigualable,* Marina decidió, *con toques de índigo y turquesa, los colores del mar.*

Marina went to her dresser and opened a little wooden box. She picked up a Mexican coin that her grandfather had given her. For a moment, she admired the fine detail of the old silver coin. Carefully, she placed the coin back in the box. Then she took some dollar bills that she had saved and put them in her purse.

Marina fue a su cómoda y abrió una cajita de madera. Sacó una moneda mexicana que su abuelito le había regalado. Por un momento, admiró el fino detalle de la vieja moneda de plata. Con cuidado, la puso nuevamente en la caja. Luego sacó unos billetes que había ahorrado y los puso en su bolsa.

Marina and her grandmother took the bus downtown. From the window, Marina saw many interesting people and things that made her wonder and think. Elders sitting and talking on their front porches. Families celebrating a birthday at the park. Teenagers on bicycles and roller blades. Children in the plaza feeding the pigeons. A wedding procession exiting the cathedral.

Marina y su abuelita tomaron el autobús hacia el centro. Por la ventana, Marina vio a mucha gente y muchas cosas interesantes que la hicieron pensar. Había ancianos sentados en sus portales platicando. Familias celebrando un cumpleaños en el parque. Chicos y chicas en bicicletas y patines. Niños en la plaza dándole de comer a las palomas. Una procesión de boda saliendo de la catedral.

Marina and her grandmother stepped off the bus at the corner of Ventura and Cuatro Vientos Boulevard, where the four directions meet. Marina felt the strong push and tug of the winds. Playful breezes twirled and tousled her hair. A sudden gust caught her dress, and Marina felt like a kite flying high, high up in the sky.

Marina y su abuelita bajaron del autobus en la esquina de Ventura y Bulevar Cuatro Vientos, donde se cruzan las cuatro direcciones. Marina sintió que el viento empujaba y tiraba de ella fuertemente. Las brisas juguetonas la despeinaban. Una ráfaga repentina infló su vestido, y Marina se sintió como un papalote volando alto, alto en el cielo.

Happily, Marina walked a few steps ahead of her grandmother toward the main strand, with a beautiful *muumuu* on her mind. Leisurely, she strolled from shop to shop. From Linda's Casual Wear to Nina's Boutique. From Lupita la Bonita to Vestidos del Mar. She saw many dresses all styles and sizes. Fancy party dresses. Plain plaid school dresses. Striped and polka-dotted ones. But no *muumuus!*

Muy alegre y con un *muumuu* hermoso en su mente, Marina caminó algunos pasos adelante de su abuelita hacia el centro comercial. Sin prisa, fue de tienda en tienda. De Linda's Casual Wear a Nina's Boutique. De Lupita la Bonita a Vestidos del Mar. Vio muchos vestidos de todos los estilos y todas las tallas. Vestidos de fiesta. Vestidos sencillos de tela a cuadros para la escuela. Unos rayados y otros de lunares. ¡Pero ningún *muumuu!*

Marina and her grandmother entered the bustling market place. They made their way up and down the crowded display aisles. There were all sorts of things. Pottery, toys and straw baskets imported from Mexico. *Sarapes,* hats, silver earrings and bracelets. *Piñatas,* fruits, spices and candies. Marina finally came upon racks and racks of dresses all the colors of the rainbow. Cotton dresses from Mexico. Embroidered dresses from Guatemala. Silk dresses from India, Turkey and China. But no *muumuus!*

Marina y su abuelita entraron al bullicioso mercado. Recorrieron de un lado a otro los puestos llenos de gente. Había toda clase de cosas. Cerámica, juguetes y canastas importados de México. Sarapes, sombreros, y aretes y pulseras de plata. Piñatas, frutas, especias y dulces. Por fin Marina dio con perchero tras perchero de vestidos de todos los colores del arco iris. Vestidos de algodón de México. Vestidos bordados de Guatemala. Vestidos de seda de la India, Turquía y China. ¡Pero ningún *muumuu!*

Marina's feet felt tired now, and the shady plaza looked inviting. Marina and her grandmother walked up to a snow-cone stand and ordered their favorite flavors of pineapple and strawberry. They sat down on a bench in the center of the plaza and delighted in the sweet icy treat.

Los pies de Marina ya se sentían cansados, y la plaza sombreada era un sitio perfecto para descansar. Marina y su abuelita caminaron hacia un puesto de raspas y pidieron sus sabores favoritos de piña y fresa. Se sentaron en una banca en el centro de la plaza y disfrutaron la delicia del dulce de hielo.

All of sudden, a burst of colors caught Marina's eye. She crossed the street and walked up to a shop window. Marina gazed at the dazzling splendor. The vivid yellow-greens of parrot feathers. The golds and magentas of island sunsets. The silvery glints of moonlit seas. The pearly glow of morning skies.

De repente un reflejo de colores llamó la atención de Marina. Cruzó la calle y caminó hacia la vitrina de una tienda. Fascinada, Marina admiró el esplendor deslumbrante. El vívido verde amarillo de las plumas del perico. Los colores oro y magenta de las puestas de sol en las islas. Los destellos plateados del mar bajo la luz de la luna. El brillo aperlado de los cielos al amanecer.

Marina was amazed as she walked into the shop and found herself surrounded by rolls and rolls of fabric stacked all the way up to the ceiling. There were all sorts of patterns and textures. Diamonds, stripes, dots and swirls. Gold and silver-threaded brocades. Shiny satins. Starched petticoat net. Soft velvets and fine lace.

Al entrar a la tienda, Marina estaba impresionada al verse rodeada por rollos y rollos de tela apilados hasta el techo. Había todo tipo de diseños y texturas. Diamantes, rayas, puntos y remolinos. Brocados de hilos de oro y plata. Satén brillante. Tul almidonado para faldas. Terciopelos suaves y encaje fino.

Marina glanced about—and there it was! *There, the tropical blossoms in magenta, red-orange and hot pink! There, the indigo and turquoise seas! And there, the elegant palm trees with their branches swaying gracefully to the breezes of the sea!*

Marina brushed her palm lightly across the fabric. She liked its smooth texture. Happily, she selected four little buttons made of seeds to go with her dress.

Marina miró alrededor—y de pronto vio lo que buscaba! *¡Allí estaban las flores tropicales color magenta, rojo anaranjado y rosa vibrante. ¡Los mares índigo y turquesa! ¡Y las palmeras elegantes con sus ramas meciéndose graciosamente con la brisa del mar!*

Marina rozó su mano sobre la tela. Le gustó su textura suave. Contenta, seleccionó cuatro botoncitos hechos de semilla para su vestido.

Excitedly, Marina crossed the street back to the plaza and called out to her grandmother, "Mima! Mima! Look at what I found! Will you help me sew a dress of the islands?"

"Oh, my! A *muumuu* for Marina!" her grandmother exclaimed. "Of course, I'll help. What a lovely island treasure it will be! This reminds me of a *muumuu* I once had when I was a girl like you."

When they got home, she spread out the fabric and wrapped it around her. She imagined herself surrounded by the fragrance of tropical blossoms and the soft cadence of the sea. She could almost feel the warmth of the sand and the coolness of waves splashing at her bare feet.

Enchanted, Marina looked into the mirror and smiled, her mind full of new and wondrous thoughts.

Muy entusiasmada, Marina cruzó la calle hacia la plaza y llamó a su abuelita —¡Mima! ¡Mima! ¡Mire lo que encontré! ¿Me ayuda a hacer un vestido como el de las islas?

—¡Ay, qué bien! ¡Un *muumuu* para Marina! –exclamó su abuelita. —¡Claro que te ayudaré! ¡Va a ser un hermoso tesoro de las islas! Esto me recuerda un *muumuu* que yo tenía cuando era pequeña como tú.

Cuando regresaron a casa, Marina extendió la tela y se envolvió en ella. Se imaginó rodeada por la fragancia de las flores tropicales y la suave cadencia del mar. Era casi como sentir la calidez de la arena y la frescura de las olas en sus pies descalzos.

Encantada, Marina se miró en el espejo y sonrió, su mente llena de nuevos y maravillosos pensamientos.

Evangelina Vigil-Piñón is a widely-published, nationally recognized poet and the recipient of the National Endowment for the Arts Fellowship for Creative Writers and the Before Columbus Foundation American Book Award. She is the translator of Tomás Rivera's classic novel, *…y no se lo tragó la tierra /…And the Earth Did Not Devour Him.* *Marina's Muumuu* is Vigil-Piñón's first children's book, a work inspired by the rich Mexican American cultural heritage of her native San Antonio, Texas, and childhood remembrances of her fascination with far-away lands and, especially, with the lush beauty of the Pacific islands.

Evangelina Vigil-Piñón es una poeta reconocida nacionalmente que cuenta con numerosas publicaciones. Ella recibió una beca del Fondo Nacional de las Artes y el American Book Award otorgado por la fundación Before Columbus. Vigil-Piñón tradujó *…y no se lo tragó la tierra / …And the Earth Did Not Devour Him* de Tomás Rivera. *El muumuu de Marina*, su primer libro para niños, es una obra inspirada por la rica herencia cultural méxico-americana de su ciudad natal, San Antonio, Texas, y por recuerdos de su niñez en los que le fascinaban las imágenes de tierras lejanas, en especial, la belleza lozana de las islas del Pacífico.

Pablo Torrecilla grew up in Madrid, Spain. On the weekends, he would visit his family's hometown where he admired the displays in the market, the scents and the people. These colors and scents became his inspiration. He has been drawing and painting since he was only five-years-old. Pablo tries to feel what the characters experience and to express their emotions. He now lives in California, where he enjoys flying his kite, playing soccer, listening to music and reading books in English, his new language.

Pablo Torrecilla se crió en Madrid, España. En los fines de semana, visitaba el pueblo de su familia donde admiraba los puestos del mercado, las fragancias y la gente. Los colores y las fragancias se convirtieron en su inspiración. Él ha dibujado y pintado desde que contaba con sólo cinco años de edad. Ahora, Pablo vive en California donde se divierte volando su papalote, jugando soccer, escuchando música y leyendo libros en inglés, su nuevo idioma.